edition splitter

karl riha

gomringer fortsetzungskrimi

edition splitter

zur exposition: ein möglicher anfang

was sagt der weggeworfene zettel auf der fensterbank, was sagt das offene, im wind auf- und zuklappende fenster? woher rührt der rostige fleck auf der tapete, wer läßt die lampe so unruhig flackern? was verrät uns die angebrochene flasche wein, der vor dem gartentor verlorene damenhandschuh, das herausgerissene telephonkabel, das blutige messer in der garderobe? wer streute das gift in die teetasse, wer blies nachts das gas durch das schlüsselloch oder die türritze? woher stammen die fingerabdrücke auf dem revolvergriff, die fußabdrücke im rosenbeet, das büschel haare in der geheimnisvollen tüte? – überall verdachtsmomente, wohin man blickt, überall herausforderungen! wer stieß das schwangere dienstmädchen vom aussichtsturm, wer sah zuletzt die jetzt aufgeschlitzte köchin in ihrer küche hantieren, wer weiß genaueres über den männlichen torso im aufzugsschacht? – er holt das notizbuch aus seiner jackentasche und hält sorgfältig alles fest, was ihm ins auge sticht. er hat den mantelkragen hochgeschlagen, kaut an seiner pfeife und blickt aufmerksam durch die scharf geschliffenen gläser seiner dunklen hornbrille. unter die notizen, die er sich macht, setzt er seinen namenszug und zeichnet mit: ›gomringer, kommissar‹. es fehlt nicht viel – und er hält sich zuguterletzt für das geheime ziel, demzuliebe alle diese ungeheuerlichkeiten einzig da sind, weil sie immer wieder auf ihn als das ›böse ende‹ hinauslaufen. dabei ist er mit all seinem spürsinn nichts weiter als der triviale einfall eines mittelmäßigen kriminalroman-autors. er könnte auch bense, schmidt oder higgins heißen.

(fortsetzung folgt)

erste folge: einsatz mit frage

›worauf, zum teufel, konnte gomringer gestoßen sein? wegen einer kleinigkeit hätte er mich nicht angerufen – mitten in der nacht! und wegen nichts! irgend etwas stimmte nicht, paßte nicht zusammen. aber was, verdammt nochmal?‹

(fortsetzung folgt)

zweite folge: keine kommentare

gomringer schweigt. er schweigt hartnäckig. den fragen der reporter, die sich mit ihren notizblöcken an ihn herandrängen und ihre bleistifte gespitzt unter seine nase halten, antwortet er – mit schweigen. einzig, daß er ab und zu an seiner pfeife zieht und nervös eine rauchwolke ausbläst. das sieht aus, als wolle er nun doch den bann brechen und die lippen öffnen. aber er schweigt weiter. es ist kein wort, keine silbe aus ihm herauszubekommen. sogar seine augen schweigen, wenn man so sagen darf. alles an ihm schweigt, wie sehr auch die reporter nach wie vor auf ihn eindringen, mit den notizblöcken winken und mit aller macht etwas aus ihm herauszuholen suchen. er wendet sich abrupt ab, atmet tief durch und setzt sein schweigen unbekümmert fort, als gehe ihn dieses geschiebe um ihn herum gar nichts an. er schweigt sich aus, schweigt beredt in sich hinein. das gibt ihm den anschein, als sinne er einem einfall hinterher, der ihm gerade kommt, einer plötzlichen konstellation von indizien, die sich in seinem kopf womöglich zu einer spur, zu einer fährte verdichten, der zu folgen sich lohnt. jetzt erst recht wäre es ein fehler, das schweigen zu brechen. das signalisiert sein stumm fortdauerndes schweigen, aus dem nach wie vor kein sterbenswort hervordringt …

(fortsetzung folgt)

dritte folge: wiederaufnahme des ›roten fadens‹

»wo waren wir stehen geblieben?« fragt gomringer und versucht, den abgerissenen faden der erzählung wiederaufzunehmen. die umstehenden blicken ihn aufmunternd an, hatte er sich doch mitten in einem seiner spannendsten abenteuer selbst unterbrochen, um die herrentoilette aufzusuchen. zurückgekehrt, war er stumm geblieben und hatte sich ganz in den dampf seiner tabakspfeife eingehüllt. ›ach ja‹, fährt er plötzlich fort: ›auf seiner flucht hatte ich den banditen schon beinahe gefaßt, als er sich noch einmal losriß, auf die straße hinausrannte und im nächstbesten hauseingang verschwand. ich ihm nach! die erste treppe hoch. die zweite treppe. die dritte und vierte – und schließlich die fünfte treppe. er stieß die tür zum dachboden auf, öffnete eine luke, die ins freie hinausführte. ich ihm nach! und damit begann eine jener jagden über die dächer der stadt, wie man sie aus einschlägigen filmen kennt. ich spare mir daher die details. genug, wieder war ich ihm beinahe zum greifen nah, als er über einen gähnenden abgrund hinweg mit einem großen satz auf ein tiefer liegendes dach hinuntersprang, elegant abrollte und hinter einem taubenschlag verschwand. ich aber rutschte aus, schlidderte die schräge hinunter und konnte mich gerade noch mit einer hand an der dachkante festhalten. hier hing ich nun und zappelte hilflos in der luft, ein seltsam verkrümmtes fragezeichen, das nun natürlich erst recht in keiner weise weiter wußte!‹

(fortsetzung folgt)

vierte folge: ländliches idyll

›nieselregen draußen, dichter nebel, daß man keinen hund hinausjagen möchte, ein ödes landhotel, weiß selbst nicht, wie es mich hierher verschlagen hat, grantiges personal, schlechter service, schlechte laune, ein paar zerfledderte krimis liegen herum, ich schreibe postkarten, briefe, telephoniere. vertreibe mir die langeweile, indem ich gegen mich selbst eine partie schach zu spielen anfange, im hintergrund flimmert der televisor ohne ton, hier sitze ich nun schon den zweiten tag auf meinem zimmer fest‹, klagt gomringer, ›und warte auf den fortgang der nun einmal in die wege geleiteten geschichte‹.

(fortsetzung folgt)

fünfte folge: randfiguren

ein vorbeihastender aktentaschenträger, vermutlich ein angestellter auf dem weg ins amt; er ist einige minuten zu spät und wird erst im büro zum frühstücken kommen. eine ungekämmte blondine in grell-gelbem pullover, die einkaufstasche unterm arm: die lange schlaflose nacht steht ihr ins gesicht geschrieben. der taxichauffeur dort drüben am taxistand hinter seinem steuer, auf das er die zeitung gebreitet hat, das fenster halb heruntergedreht, damit der dampf der zigarette entweichen kann, die er in ketten zu ganz winzigen kippen herunterraucht, bis er die glut zwischen den fingern nicht mehr halten kann. das kindermädchen, das zwei kleine gören zu beaufsichtigen hat, von denen die eine nach links – auf die fahrbahn hinaus, mit ihren autos –, die andere nach rechts – eine rolltreppe hinunter, die in die u-bahn führt – zu entlaufen droht; dabei zerreißt es sie schier. eine gruppe japanischer touristen, die einen geschlossenen pulk bildet, exotische a- und o-rufe und stets gezückte photoapparate. ein bettler mit dem offenen hut zwischen den beinen, ein schild vor der brust, das arbeitslosigkeit anzeigt, ein eiliger börsenmakler mit der schwarzen melone auf dem kopf, in dem so viele zahlen herumschwirren, daß es auf der stirn gewitterleuchtet, ein rudel geschwätziger oberschüler, ein postbote mit einem eilbrief oder einem telegramm, eine nonne mit wehender haube, ein zeitungsausrufer im gewirr jüngster schlagzeilen, ein straßenkehrer mit seemannsbart, ein heruntergekommenes rentnerehepaar, das sich an den mülltonnen zu schaffen macht, ein geschäftsmann im elan eines eben erfochtenen vorteils, ganz im sog seiner sturm-frisur, ein eckig sich dahinbewegender skin-head, ein hilflos in den stau der autos blickender verkehrspolizist, ein radfahrer, dessen rad eiert, ein klempner mit einem geschulterten rohr und was sich sonst noch zu dieser frühen vormittagsstunde auf der straße tummelt … – aber alles nur randfiguren: ›auf sie fällt vielleicht gelegentlich der schatten eines verdachts‹, sagt sich gomringer, ›rasch merkt man jedoch, daß sie nur mit von der partie sind und mit der eigentlichen kriminalhandlung nichts zu tun haben; sie sind füllsel, beiwerk, kulisse, kolorit, hintergrund, mehr nicht; manchmal, wenn es hochkommt, geben sie eine in die irre führende spur ab, figurieren als finte des autors, der zeigt, daß er sich auch auf milieu-schilderungen versteht. sie sind aber wirklich nur staffage und lassen sich daher, da sie im weiteren verlauf der geschichte nicht mehr aufgenommen werden, auch rasch vergessen‹.

(fortsetzung folgt)

sechste folge: recherche vor ort

er fixiert das klingelschild. da ist der name, den er sucht; er schellt – mehrfach! als niemand öffnet, wirft er sich mit ganzer kraft gegen die tür und reißt das schloß aus seiner verankerung. er stoppt den schwung, den er dazu gebraucht hat – und steht auch schon mitten im flur, von dem, wie er mit einer blitzartigen ruckzuck-bewegung registriert, vier türen abgehen. er öffnet sie der reihe nach: hinter der ersten liegt das schlafzimmer, aber die betten sind leer; hinter der zweiten – die küche, aber niemand hantiert am herd; hinter der dritten – das bad, aber die badewanne ist trocken, der spiegel blind; hinter der vierten schließlich – das wohnzimmer, leer wie alle anderen räume, niemand sitzt in den fauteuils, niemand räkelt sich auf dem sofa, die bilder sind von den wänden genommen, wie die hellen – rechteckigen – flecke auf den tapeten verraten. gomringer tritt an den sekretär, aber er findet ihn leer in allen seinen fächern und schubladen, keine briefe, keine dokumente; er geht an das bücherregal und greift willkürlich ein beliebiges buch heraus – lauter leere seiten, wie dies bei jenen blindbänden der fall ist, die den möbel-ausstattungshäusern nur eben zur dekoration dienen. er tritt ans fenster – und sieht keinen menschen unten auf der straße; keine seele rührt sich in den häusern gegenüber. sein blick schweift über den himmel weg, er findet ihn leergefegt wie selten – kein vogel, keine wolke, nicht einmal die kondensspur eines flugzeugs oder was immer. gomringer stutzt, zuckt zusammen und erstarrt in einer pose, die verrät, daß ihm im augenblick kein produktiver gedanke kommen will. er gähnt. eine momentane leere breitet sich in seinem hirn aus.

(fortsetzung folgt)

siebte folge: nichts, rein gar nichts ...

wo kein verbrechen, da kein opfer, kein mörder, kein verfolger, kein richter, keine sühne. also: kein gift wird gerührt, kein revolver gezogen, kein messer gezückt. keine hilfeschreie ertönen im finsteren wald. kein mond verdunkelt sich über der düsteren tat. wo kein messerstich, da keine blutspur; wo keine blutspur, da kein bluthund; wo kein bluthund, da kein detektiv. wo kein opfer und kein kommissar, da kein blitzlicht, kein pressephotograph, keine schlagzeile, kein verschrecktes publikum, dem der atem stockt. kein dieb hinterläßt seinen fingerabdruck am tatort, kein räuber entkommt mit seiner beute ins dunkel der nacht, kein selbstmörder springt von der autobahnbrücke und hinterläßt den aufschrei einiger zufälliger passanten. kein die schlaflosigkeit fliehender morgendlicher spaziergänger entdeckt im glast der aufgehenden sonne den erstarrten leichnam des entführten kindes, und kein postbote übergibt den brief des erpressers an der tür der fabrikantenvilla. auch im weiteren verlauf dieser erzählfolge kommt es zu keinen nennenswerten kriminellen ereignissen. zwar geschieht dies und das, aber es fallen keine eindeutigen hinweise auf ein stattgefundenes verbrechen an, denen nachzuspüren wäre, um sie später vor gericht zu bringen. so stehen keine hektischen verfolgungsjagden ins haus, keine überraschenden fallstricke werden gelegt, keine fallgruben tun sich auf, keine komplotte werden geschmiedet. niemand ist der verfolger – und niemand wird verfolgt, geknebelt, zu boden geworfen, gefesselt, an die wand gedrückt, aus dem fahrenden auto, aus dem fahrenden zug gestoßen, ins visier genommen und niedergeknallt. keine alarmsirenen heulen auf, keine polizisten schwingen sich auf ihre motorräder und stürmen den unterschlupf, in dem sich die verbrecher versteckt haben; es kommt zu keinem schußwechsel, und keine toten bleiben auf der strecke. auch zum schluß dieser erzählfolge, konstatiert gomringer, wolle keine rechte spannung aufkommen, kein rechtes tempo. ›schlag das buch zu‹, rät gomringer, ›schau zum fenster hinaus – und paß auf, ob sich da nicht etwas aufregenderes ereignet?!‹

(fortsetzung folgt)

achte folge: medienwechsel

ein weißes sportcoupé mit etwas zu rasantem tempo in der einfahrt zur tiefgarage. das geräusch der bremsen in der menschenleeren halle. eine junge frau steigt aus und schlägt mit energischer geste die wagentür hinter sich zu, ihr mantel bauscht sich in der bewegung. sie wirkt müde und abgespannt. ihre schminke ist verwischt. nervös greift sie in ihre tasche und zieht den schlüsselbund hervor. – ein geräusch. die junge frau erschrickt und blickt irritiert auf. was sie sieht, versetzt sie in schrecken. die schlüssel gleiten ihr aus den händen und fallen zu boden. sie will sich bücken, doch der mann mit der maske tritt hart an sie heran und kickt die schlüssel zur seite, ins dunkel. sie weicht seinem körper, der auf sie eindringt, ungeschickt aus. im zurückfallen löst sich ein schrei aus ihrem mund. entsetzen spiegelt sich in den verzerrten zügen ihres gesichts. sie schreit noch lauter. mit seiner linken zieht der mann ein messer und hält es gegen den offenen hals seines opfers. mit seiner rechten schließt er den weit aufgerissenen mund. unter seinem kunstlederhandschuh erstickt ein letzter schrei ...! – ›gut, das reicht‹, meint der regisseur, und auch der kameramann scheint zufrieden zu sein. die anspannung auf den gesichtern des teams löst sich. die schauspielerin, die das ›opfer‹ abgab, holt zunächst einmal tief luft. die szene hat ihr einiges abverlangt, nicht nur in körperlicher hinsicht. auch der ›täter‹ ist etwas außer atem. aus seiner maske tropft der schweiß. noch nicht einsatzbereit, aber schon am tatort, sitzt gomringer hinter dem schminktisch, läßt sich die stirn pudern und etwas glanz in die augen streuen: gleich wird er aufspringen und in aktion treten.

(fortsetzung folgt)

neunte folge: fortsetzung folgt

›das war's für heute! lassen wir die dinge liegen, wie sie liegen. morgen ist auch ein tag!‹ gomringer schlägt die akten zu, in denen er sich eben noch einmal sachkundig gemacht hat, schiebt den stuhl hinter sich und nimmt den mantel vom haken. ›machen auch Sie jetzt schluß‹, wendet er sich an die sekretärin, die während des stenogramms schon öfters auf die uhr geschaut hat; sie deckt die schreibmaschine ab, holt die handtasche aus der schreibtisch-schublade und tritt auf gomringer zu, der ihr den mantel über die schulter legt. ›und auch Sie, ja Sie‹, fordert er den ihm gegenübersitzenden mann auf, dem er eben noch im verhör so hart zugesetzt hatte, daß ihm ein geständnis schon fast auf den lippen gelegen haben mußte: ›gehen Sie jetzt nach hause, setzen Sie sich vor den fernseher, gucken Sie Ihren krimi, trinken Sie ein bier und kommen Sie morgen früh wieder hier vorbei, dann packen wir die sache noch einmal an. und – vergessen Sie Ihren mantel nicht!‹ zu dritt verlassen sie das büro und schütteln sich vor dem kommissariat noch einmal die hände, ehe sie auseinandertreten und sich in verschiedene richtungen entfernen, jeder in gedanken mit sich selbst beschäftigt, eine sich auflösende gruppe, die eben noch eine spannende kriminalistische einheit gebildet hatte – mit dem zweck, wieder einmal etwas licht ins anhaltende dunkel dieser welt zu bringen.

(fortsetzung folgt)

zehnte folge: ein seltsamer fall – oder?

er wechselte täglich seinen standort und seine markierung. heute als heiratsschwindler in paris, morgen als scheckbetrüger in madrid, den nächsten tag als kidnapper in helsinki und vierundzwanzig stunden später als rauschgifthändler in new york. mal im schottenrock als rompilger oder als kamelreitender ägyptentourist getarnt, dann wieder als wilder autofahrer in den anden, als besucher der reeperbahn in hamburg gesichtet oder als insasse eines sportflugzeugs in australien. es gibt photos, die ihn mit bart und glatze und ohne bart mit dichtem haarschopf, im flotten tennisdress und feschen frack oder als heruntergekommenen penner zeigen, der an seiner wermutflasche hängt; sogar eine geschlechtsumwandlung ließ er an sich vornehmen und tauchte als steptänzerin in las vegas auf, um sich seinen häschern zu entziehen. schon viele male glaubte man ihn fest eingekreist, so daß kein entweichen mehr möglich schien, und doch konnte er sich immer wieder dem zugriff entziehen, sich in luft auflösen, wo man glaubte, nur noch zupacken und ihm die schlinge um den hals legen zu müssen. erst spät kam gomringer darauf, daß er nichts weiter als das gut inszenierte gedankenphantom eines ihm befreundeten kriminalinspektors war, der ihm auf diese weise die wartezeit zwischen all den anderen fällen verkürzen wollte, die ihm wohl doch schon etwas zur routine geworden waren. man kam ihm auf die schliche, als der erfinder dieses einfalls das produkt seiner phantasie mit einem mordanschlag auf sich selbst ansetzen wollte, um es unauffällig aus der welt zu schaffen und gomringer weitere irritationen zu ersparen. in einem reisekoffer, der in einem verlassenen madrider hotelzimmer wochenlang auf seinen so plötzlich abhanden gekommenen besitzer wartete, fand sich ein packen manuskripte, in denen alle details dieser abenteuerlichen, einem kriminalistenhirn entsprungenen existenz festgehalten waren.

(fortsetzung folgt)

elfte folge: mit dacapo-effekt

nanu, was ist mit gomringer los? – ein böser schwinger hat ihn von den beinen geholt und für ein viertelstündchen außer gefecht gesetzt. da liegt er, langhingestreckt, die arme, die füße seltsam verrenkt, das jackett merkwürdig verrutscht, schweren atems! er hat offensichtlich sein bewußtsein verloren. ein zufälliger passant, der ihn da liegen sieht, bleibt stehen, bückt sich zu ihm hinunter und verrichtet die ersten hilfeleistungen; er spricht auf ihn ein, erhält aber keine antwort. er dreht ihn in die schräglage und biegt ihm den kopf in den nacken; dann entfernt er sich, um hilfe zu holen. die nächsten erleuchteten häuser sind vielleicht einen halben kilometer entfernt. ach ja, ich vergaß zu erwähnen: es ist nacht, ein leichter regen geht über die landschaft nieder. aus der dunkelheit heraus erwischt gomringer ein böser schwinger und holt ihn für ein viertelstündchen von den beinen, setzt ihn außer gefecht. da liegt er, langhingestreckt, die arme, die füße seltsam verrenkt, das jackett merkwürdig verrutscht, schweren atems! er hat offensichtlich sein bewußtsein verloren. ein zufälliger passant, der ihn da liegen sieht, bleibt stehen, bückt sich zu ihm hinunter und verrichtet die ersten hilfeleistungen; er spricht auf ihn ein, erhält aber keine antwort. er dreht ihn in die schräglage und biegt ihm den kopf in den nacken; dann entfernt er sich, um hilfe zu holen. die nächsten erleuchteten häuser sind vielleicht einen halben kilometer entfernt. als er in begleitung eines anderen mannes zurückkommt, hat sich gomringer schon von selbst wieder aufgerichtet, die ohnmacht aus den augen gewischt und bereits die ersten schritte in der weiteren verfolgung der fährte zurückgelegt, die ihn bei seinen ermittlungen in diese gottverlassene gegend führte, ehe ihn der böse schwinger erwischte, für ein viertelstündchen von den beinen holte und außer gefecht setzte. er dankt für die angebotene hilfe und wehrt alle weiteren freundlichkeiten mit entschiedenheit ab: ›ein kleines malheur, wie es jeden in seiner berufslaufbahn einmal erwischen kann, nicht weiter der rede wert, gewiß, ein übler schwinger aus der dunkelheit heraus, direkt unter die kinnspitze gesetzt, das hat mich für ein viertelstündchen von den beinen geholt, außer gefecht gesetzt. aber jetzt bin ich wieder voll da!‹ – er greift in seine jackentasche, zieht ein bekritzeltes papier hervor, auf dem er seine route festgehalten hat – und schon schreitet er in die finstere nacht hinaus entschieden seines weges davon, als sei zwischenzeitlich rein gar nichts widriges mit ihm geschehen.

(fortsetzung folgt)

zwölfte folge:

›der zufall ist ein wichtiger faktor‹, sagt sich gomringer in einem der selbstgespräche, die er gelegentlich mit sich führt, wenn ihm zeit dazu bleibt: ›da rennst Du Dir die fersen wund, da zermarterst Du Dir die hirnwindungen in schlaflosen nächten, da starrst Du vor Dich hin auf leeres papier, das sich mit keinen sichtbaren resultaten füllen will, die finger kleben wie abgestorben an der schreibmaschine, da telephonierst Du mit gott und der welt, daß die drähte glühen – und nichts kommt dabei heraus, nichts, gar nichts! und so geht das drei, vier tage, eine ganze woche, einen ganzen monat lang. die gedanken kleben so sehr aneinander, daß sie keine schöpferischen ideen hervortreten lassen. Du bleibst in den zirkel einiger weniger vermutungen eingesperrt, zwischen denen Du Dich wie ein gefangenes tier hin- und herbewegst. Du beginnst, Deiner selbst überdrüssig zu werden, barsch zu den kollegen, ruppig in jeder hinsicht, ungeduldig!‹ – ›aber siehe da, eines morgens springst Du aus Deinem bett, blickst zum fenster hinaus in die strahlen der aufgehenden sonne – und schwupp, sind plötzlich alle probleme gelöst, liegen die sachverhalte klar vor Dir, wimmelt es in Deinem kopf nur so von lösungsmöglichkeiten; selbst weit zurückliegende fälle scheinen nun mit einem mal zu einem ›guten ende‹ zu kommen. Du setzt Dich an den frühstückstisch, nimmst den ersten schluck kaffee und schlägst die morgenzeitung auf, eine kleine notiz auf seite vier ist es, die Dir so plötzlich weiterhilft im wirrwarr Deiner gedankenkonstruktionen. nun fügt sich rasch das eine zum anderen detail. es lag allein an diesem kleinen stups, den Dir der zufall gegeben hat: er arbeitet fast ohne Dein zutun, er überrascht Dich, dabei ist er kein element der materie, ganz ohne feste gestalt, Du kannst ihm nicht einmal die hand schütteln und danken, wenn Du, die aktentasche unterm arm mit all den akten, die Du mit nach hause genommen hast, um sie nachts noch einmal durchzuarbeiten, aus dem haus trittst, die frische morgenluft schnupperst und munter in den tag hinausschreitest.

(fortsetzung folgt)

schluß: tabula rasa

›schließen wir die akte!‹ sagt gomringer und blickt scharf um sich: ›das reicht aus, wir haben unsere arbeit getan, saubere arbeit, den rest mögen die gerichte besorgen, die anwälte. die tasachen liegen auf dem tisch, sie sprechen für sich; für mich ist alles sonnenklar – na, also! wenn ich daran denke, wie lange wir im trüben fischen, mit den stangen im nebel herumstochern mußten, ohne auch nur das winzigste stückchen voranzukommen. aber jetzt!‹ – er zündet sich ein zigarette an und zieht den qualm tief in sich hinein, leert die taschen seines jacketts, legt das schnupftuch, legt die pistole auf den tisch. da löst sich plötzlich ein schuß – er wirft die arme in die luft und fällt vom einen auf den anderen augenblick flach auf sein gesicht. – ›ja, schließen wir die akte‹, sagt jetzt auch der erzähler, der uns bis hierher begleitet hat, zündet sich ebenfalls eine zigarette an, hängt das jackett über den stuhl und macht es sich auf der couch bequem, nicht ohne sich an der hausbar zuvor eben noch rasch einen cognac eingeschenkt zu haben. er setzt das glas an die lippen – prompt verfärbt er sich im ganzen gesicht und krümmt sich auch schon auf dem boden in tödlichen windungen. – ›ja, das war's wohl‹, sagt jetzt auch der leser dieses fortsetzungskrimis, der dem gang der handlung bis zu diesem punkt gefolgt ist, streckt sich, dehnt sich und legt den schmöker aus den händen. das buch habe nicht gehalten, was der titel versprochen habe, doch zumindest der schluß mache einiges wett, sagt er sich, nach einer zigarette greifend – und schon siehst du ihn mit einer fahrigen bewegung nach seiner herzgegend greifen, mit einem leichten ächzen in sich zusammensacken und zur seite kippen. ›paß auf‹, sagt er nur eben noch – zu Dir gewandt –, ›daß Dir nicht etwas ähnliches passiert ...‹.

Karl Riha, geb. 1935 in Krummau/Moldau; lebt in Siegen/NRW. Literaturwissenschaftler, Kritiker und Autor. Zahlreiche wissenschaftliche und literaturkritische Veröffentlichungen. Mitglied und zeitweise Direktor des Literarischen Colloquiums Berlin. Mitglied des P.E.N. Literaturpreis für grotesken Humor der Stadt Kassel, 1996.

Eugen Gomringer

vom rand nach innen

Die Konstellationen 1951–1995

Gesamtwerk Band I

Edition Splitter, Wien 1995

400 Seiten, 17 × 24 cm

Leinenausführung mit Schutzumschlag

öS 584.– DM 80.– SFr 72.50

ISBN: 3-901190-19-8

Band I umfaßt mit wenigen Ausnahmen alles, was Gomringer seit 1951 zur Bewegung der konkreten Kunst als konkrete Poesie beisteuerte.

Gomringers literarische Bedeutung beruht auf einigen wenigen – dafür aber programmatisch-markanten, in sich fortschreitenden und daher künstlerisch-konsequenten – Text-Publikationen, auf seinen Manifesten und theoretischen Äußerungen zu einem neuen Textbegriff in der Literatur, integraler Bestandteil seiner generellen Reflexionen zur »konkreten Kunst«.

Eugen Gomringer

theorie der konkreten poesie

Texte und Manifeste 1954–1997

Gesamtwerk: Band II

Edition Splitter, Wien 1997

190 Seiten, 17 × 24 cm

Englische Broschur

öS 336.– DM 46.– SFr 42.50

ISBN: 3-901190-34-1

Künstler und Dichter der konkreten Bewegung haben seit den Zeiten des Bauhauses grenzüberschreitend gearbeitet. Eugen Gomringer hat sich wie wenige Dichter seit den fünfziger Jahren theoretisch sowohl mit der konkreten Poesie, wie auch mit der konkreten Kunst auseinandergesetzt.

Für die Förderung dieses Projekts
danken Autor und Verlag dem BKA/Kunstsektion.

PAPYRUS

CIP-Titelaufnahme der Deutschen Bibliothek

karl riha

gomringer
fortsetzungskrimi

Umschlagfotos: ÖhnerKraller
Grafische Gestaltung: fuhrer
Satz: Edition Splitter
Druck: Herzig

ISBN – 3-901190-59-7